Извращенные Сестры

Извращенные Сестры

Aldivan Torres

aldivan teixeira torres

CONTENTS

1. Экскурсия по городу Рыбацкий городок — 1

1

Экскурсия по городу
Рыбацкий городок

Извращенные Сестры
Aldivan Torres
Извращенные   Сестры

По: *Aldivan Torres*
2020- Aldivan Torres
Все права зарезервированы
Серия: Извращенные сестры

Эта книга, включая все ее части, защищена авторским правом и не может быть воспроизведена без разрешения автора, перепродана или передана.

ALDIVAN TORRES

Алдиван Торрес, родился в Бразилии, является литературным художником. Обещания своими трудами порадовать публику и привести его к наслаждениям. В конце концов, секс является одним из лучших вещей есть.

Посвящение и благодарность

Я посвящаю эту эротическую серию всем любителям секса и извращенцев, как я. Я надеюсь, оправдать ожидания всех безумных умов. Я начинаю эту работу здесь с убежденности в том, что Амелинья, Белинья и их друзья в истории. Без дальнейших церемоний теплые объятия для моих читателей.

Хорошее чтение и много веселья.

С любовью автор.

Презентации

Амелинья и Белинья две сестры родились и выросли в интерьере Фернамбуку. Дочери отцов сельского хозяйства знали на раннем этапе, как противостоять ожесточенным трудностям сельской жизни с улыбкой на лице. С этим они достигали своих личных завоеваний. Первый является аудитором государственных финансов, а другой, менее умный, является муниципальным учителем базового образования в Арко Верде.

Хотя они были счастливы профессионально, два имеют серьезные хронические проблемы в отношении отношений, потому что никогда не нашел своего принца очаровательной, которая мечта каждой женщины. Старший, Белинья, приехал жить с мужчиной на некоторое время. Тем не менее он был предан, что вызвало в его маленьком сердце непоправимые травмы. Она была вынуждена расстаться и пообещала себе больше никогда не страдать из-за мужчины. Амелина, бедняжки, она даже не может обручиться. Кто хочет жениться на Амелиной? Она нахальный брюнетка, тощий, среднего роста, медового цвета глаза, средний прикладом, грудь, как арбуз, грудь определяется за увлекательную улыбку. Никто не знает, в чем ее реальная проблема, или, вернее, и то, и другое.

Что касается их межличностных отношений, они очень близки к обмену секретами между ними. Так как Белинья был предан негодяем, Амелинья приняла боли своей сестры, а также отправился играть с мужчинами. Они стали динамичным дуэтом, известным как «Извращенные сестры». Несмотря на это, мужчины любят быть их игрушками. Это потому, что нет ничего лучше, чем любить Белинья и Амелинья даже на мгновение. Мы узнаем их истории вместе?

Извращенные Сестры

Извращенные Сестры

Посвящение и благодарность

Презентации

Черный человек

Огонь

Медицинская консультация

Частный урок

конкурсный тест

Возвращение учителя
Маниакальный клоун
Экскурсия по городу Рыбацкий городок

Черный человек

Амелинья и Белинья, а также большие профессионалы и любовники, красивые и богатые женщины, интегрированные в социальные сети. В дополнение к самому сексу они также стремятся завести друзей.

Однажды мужчина вошел в виртуальный чат. Его прозвище было "Черный человек". В этот момент она вскоре дрожала, потому что любила чернокожих мужчин. Легенда гласит, что они имеют бесспорное очарование.

" Привет, красиво! - Вы назвали благословенного черного человека.

" Привет, хорошо? - Ответил интригующий Белинья.

" Все замечательно. Спокойной ночи!

" Спокойной ночи. Я люблю черных людей!

" Это тронуло меня глубоко сейчас! Но есть ли для этого особая причина? Как вас зовут?

" Ну, причина в том, что мы с сестрой люблю мужчин, если ты понимаешь, о чем я. Что касается названия, идет, хотя это очень частная среда, мне нечего скрывать. Меня зовут Белинья. Приятно встретиться.

" Удовольствие все моё. Меня зовут Флавий, и я очень хороший!

" Я чувствовал твердость в его словах. Ты имеешь в виду, что моя интуиция права?

"   Я не могу ответить на этот вопрос сейчас, потому что это закончится всей тайной. Как зовут твою сестру?

"   Ее зовут Амелинья.

"   Амелинья! Красивое имя! Можете ли вы описать себя физически?

"   Я блондинка, высокий, сильный, длинные волосы, большая задница, средняя грудь, и у меня есть скульптурное тело. А Вы?

"   Черный цвет, один метр и восемьдесят сантиметров в высоту, сильный, пятнистый, руки и ноги толстые, аккуратные, поющие волосы и определенные лица.

"   Ой! Ой! Ты меня включишь!

"   Не переживайте из-за этого. Кто знает меня, никогда не забывает.

"   Ты хочешь свести меня с ума?

"   Извини за это, детка! Это просто, чтобы добавить немного очарования в нашем разговоре.

"   Сколько вам лет?

"   Двадцать пять лет и твоя?

"   Мне тридцать восемь лет, а моей сестре тридцать четыре. Несмотря на разницу в возрасте, мы очень близки. В детстве мы объединились, чтобы преодолеть трудности. Когда мы были подростками, мы разделяли наши мечты. И теперь, в зрелом возрасте, мы разделяем наши достижения и разочарования. Я не могу жить без нее.

"   Прекрасно! Это воющее ощущение очень красиво. У меня есть желание встретиться с вами обоими. Она так же непослушна, как и ты?

"   В хорошем смысле, она лучшая в том, что она делает.

Очень умный, красивый и вежливый. Мое преимущество в том, что я умнее.

" Но я не вижу в этом проблемы. Мне нравится и то, и другое.

" Тебе правда нравится? Знаешь, Амелина - особенная женщина. Не потому, что она моя сестра, а потому, что у нее гигантское сердце. Мне немного жаль ее, потому что у нее никогда не было жениха. Я знаю, что ее мечта - выйти замуж. Она присоединилась ко мне в восстании, потому что я был предан моим спутником. С тех пор мы стремимся только к быстрым отношениям.

" Я полностью понимаю. Я тоже извращенец. Тем не менее у меня нет особых причин. Я просто хочу наслаждаться своей молодостью. Ты выглядишь великими людьми.

" Большое спасибо. Ты правда из Зеленая арка?

" Да, я из центра города. А Вы?

" Из района Сан-Кристофер.

" Прекрасно. Ты живешь одна?

" Да. Рядом с автовокзалом.

" Можете ли вы получить визит от человека сегодня?

" Мы бы с удовольствием. Но вы должны справиться с обоими. Хорошо?

" Не волнуйся, люблю. Я могу справиться до трех.

" О, да! Истинный!

" Я буду прямо там. Вы можете объяснить местоположение?

" Да. Это будет моё удовольствие.

" Я знаю, где он. Я иду туда!

Черный человек вышел из комнаты и Белинья также. Она воспользовалась этим и переехала на кухню, где встретила свою сестру. Амелина мыла грязную посуду на ужин.

" Спокойной ночи тебе, Амелинья. Ты не поверишь. Угадай, кто придёт?

" Понятия не имею, сестра. Которые?

" Флавий. Я встретила его в виртуальном чате. Он будет нашим развлечением сегодня.

" Как он выглядит?

" Это Черный Человек. Вы когда-нибудь остановиться и думаю, что это может быть хорошо? Бедняжек не знает, на что мы способны!

" Это действительно так, сестра! Давай приготовим его.

" Он упадет со мной! - Сказал Белинья.

" Нет! Это будет со мной- Ответил Амелинья.

" Одно можно сказать наверняка: с одним из нас он упадет- Белинья заключил.

" Это правда! Как насчет того, чтобы все было готово в спальне?

" Хорошая идея. Я помогу тебе!

Две ненасытные куклы пошли в комнату, оставив все организованное для прибытия самца. Как только они заканчивают, они слышат звонок.

" Это он, сестра? - Спросил Амелинья.

" Давайте проверим это вместе! - Он пригласил Белинья.

" Давай! Амелинья согласилась.

Шаг за шагом две женщины проходили мимо двери спальни, проходили мимо столовой, а затем прибыли в гостиную. Они подошли к двери. Когда они открывают его, они сталкиваются с очаровательной и мужественным улыбкой Флавия.

" Спокойной ночи! Хорошо? Я Флавий.

" Спокойной ночи. Добро пожаловать. Я Белинья, который говорил с вами на компьютере, и эта милая девушка рядом со мной моя сестра.

" Приятно познакомиться, Флавий! - сказал Амелинья.

" Очень приятно познакомиться с вами. Можно войти?

" Уверен! - Две женщины ответили в то же время.

У жеребца был доступ в номер, наблюдая каждую деталь декора. Что происходит в этом кипящем уме? Он был особенно тронут каждым из этих женских особей. После короткого момента, он посмотрел глубоко в глаза двух шлюх говорят:

" Готовы ли вы к тому, к чему я пришел?

" Готовые подтвердили влюбленных!

Трио остановился трудно и прошел долгий путь к большей комнате дома. Закрыв дверь, они были уверены, что небеса пойдут в ад в считанные секунды. Все было прекрасно: расположение полотенец, секс-игрушки, порно фильм, играющий на потолке телевидения и романтической музыки яркие. Ничто не могло отнять удовольствие от великого вечера.

Первый шаг - сидеть у кровати. Черный мужчина

начал раздеваться от двух женщин. Их похоть и жажда секса были настолько велики, что они вызвали немного беспокойства в этих сладких дам. Он снял рубашку с изображением грудной клетки и живота хорошо отработаны ежедневной тренировки в тренажерном зале. Ваши средние волосы по всему этому региону нарисовали вздохи от девочек. После этого он снял штаны, позволяя просматривать его нижнее о белье Вох, следовательно, показывая его объем и мужественность. В это время он позволил им прикоснуться к органу, сделав его более прямо. Без секретов он выбросил нижнее о белье, показывая все, что Бог дал ему.

Он был двадцать два сантиметра в длину, четырнадцать сантиметров в диаметре достаточно, чтобы свести их с ума. Не теряя времени, они упали на него. Они начали с прелюдии. В то время как один проглотил ее петух в рот, другой лизал мошонку мешки. В этой операции это было три минуты. Достаточно долго, чтобы быть полностью готовым к сексу.

Затем он начал проникать в одно, а затем в другое без предпочтений. Частый темп шаттла вызвал стоны, крики и множественные оргазмы после акта. Это было тридцать минут вагинального секса. Каждый половину времени. Затем они заключили с оральным и анальным сексом.

Огонь

Это была холодная, темная и дождливая ночь в

столице всех заход ров Фернамбуку. Были моменты, когда передние ветры достигали 100 километров в час, пугая бедных сестер Амелину и Белинья. Две извращенные сестры встретились в гостиной своей простой резиденции в районе Сан-Кристофер. Не делая ничего, они радостно говорили об общих вещах.

" Амелинья, как твой день в офисе фермы?

" То же самое старое: я организовывал налоговое планирование налогового и таможенного администрирования, управлял уплатой налогов, работал в профилактике и борьбе с уклонением от уплаты налогов. Это тяжелая работа и скучно. Но награждение и хорошо оплачивается. А Вы? Как твоя рутина в школе? - Спросил Амелинья.

" В классе, я прошел содержание руководящих студентов наилучшим образом. Я исправил ошибки и взял два сотовых телефона студентов, которые тревожили класс. Я также дал классы в поведении, осанка, динамика и полезные советы. В любом случае помимо того, что я учитель, я их мать. Доказательством этого является то, что в антракте, я проник в класс студентов и, вместе с ними, мы играли классики, Хула обруч, хит и бежать. На мой взгляд, школа является нашим вторым домом, и мы должны заботиться о дружбе и человеческих связей, которые мы от него- Белинья ответил.

" Блестящая, моя младшая сестра. Наши работы велики, потому что они обеспечивают важные эмоциональные и взаимодействия конструкций между людьми. Ни один человек не может жить в изоляции, не говоря уже о психологических и финансовых ресурсах, - проанализировал Амелинья.

" Принимаю. Работа имеет важное значение для нас, как это делает нас независимыми от преобладающей сексистский империи в нашем обществе, сказал Белинья.

" Совершенно, верно. Мы будем продолжать в наших ценностях и взглядах. Человек только хорош в постели- Амелинья наблюдается.

" Говоря о мужчинах, что вы думаете о христианине? - спросила Белинья.

" Он оправдал мои ожидания. После такого опыта, мои инстинкты и мой ум всегда просят больше генерации внутреннего неудовлетворенности. Каково ваше мнение? - Спросил Амелинья.

" Это было хорошо, но я также чувствую, как вы: неполный. Я устала от любви и секса. Я хочу все больше и больше. Что у нас есть на сегодня? - Сказал Белинья.

" У меня нет идей. Ночь холодная, темная и темная. Ты слышишь шум снаружи? Много дождей, сильный ветер, молния и гром. Я боюсь! - Саид Амелинья.

" И я тоже! - Белинья признался.

В этот момент по всей Арко Верде слышны громовые молнии. Амелинья прыгает на коленях у Долинки, которая кричит от боли и отчаяния. В то же время, электричества не хватает, что делает их обоих отчаянными.

" Что теперь? Что мы будем делать Белинья? - Спросил Амелинья.

" Отойти от меня, сука! Я возьму свечи! - Сказал

Белинья. Белинья мягко толкнул ее сестра в сторону дивана, как она нащупала стены, чтобы добраться до кухни. Поскольку дом относительно небольшой, это не займет много времени, чтобы завершить эту операцию. Используя такт, он берет свечи в шкаф и зажигает их спичками, стратегически расположенными на верхней части печи.

С зажжением свечи она спокойно возвращается в комнату, где встречает свою сестру с таинственной широко открытой улыбкой на лице. Что она могла сделать?

" Ты можешь выпустить, сестра! Я знаю, вы думаете что-то-сказал Белинья.

" Что, если мы после полудня городской пожарной службе с предупреждением о пожаре? Саид Амелинья.

" Позволь мне все прояснить. Ты хочешь изобрести вымышленный огонь, чтобы заманить этих людей? Что если нас арестуют? - Белинья боялся.

" Мой коллега! Я уверен, что они будут любить сюрприз. Что может быть лучше, если они должны сделать в темную и скучную ночь, как это? - сказал Амелинья.

" Ты прав. Они будут благодарить вас за удовольствие. Мы сломаем огонь, который поглощает нас изнутри. «Теперь возникает вопрос: кто будет иметь мужество называть их?» —спросила Белинья.

" Я очень застенчивый. Я оставляю эту задачу для вас, моя сестра- Саид Амелинья.

" Всегда я. Хорошо. Что бы ни случилось, - заключила Белинья.

Встав с дивана, Белинья идет к столу в углу,

где установлен мобильный телефон. Она звонит по экстренному номеру пожарной охраны и ждет ответа. После нескольких прикосновений он слышит глубокий, твердый голос, говорящий с другой стороны.

" Спокойной ночи. Это пожарная служба. Чего ты хочешь?

" Меня зовут Белинья. Я живу в районе Сан-христианин здесь, в Арко Верде. Моя сестра и я в отчаянии от всего этого дождя. Когда электричество вышло здесь, в нашем доме, вызвало короткое замыкание, начав ноготь объекты. К счастью, мы с сестрой вышли. Огонь медленно потребляет дом. «Нам нужна помощь пожарных», —сказала расстроенная девочка.

" Полегче, друг мой. Мы скоро будем там. Можете ли вы дать подробную информацию о вашем местонахождении? - Спросил дежурный пожарный.

" Мой дом точно на Центральном проспекте, третий дом справа. Вы согласны с вами, ребята?

" Я знаю, где он. Мы будем там через несколько минут. Будьте спокойны - Сказал пожарный.

" Мы ждем. Спасибо! - Спасибо, Белинья.

Возвращаясь к дивану с широкой улыбкой, двое из них отпустили свои подушки и фыркнул с удовольствием они делают. Тем не менее это рекомендуется делать, если они не были две шлюхи, как они.

Примерно через десять минут они услышали стук в дверь и пошли отвечать на него. Открыв дверь, они столкнулись с тремя волшебными лицами, каждое из которых имеет свою характерную красоту. Один из них был черный, шесть футов в высоту, ноги и руки среды. Другой был темный, один метр и девяносто высокий, мускулистый и скульптурные. Третий был белый, короткий, тонкий, но очень любил. Белый мальчик хочет представиться:

" Привет, дамы, спокойной ночи! Меня зовут Роберто. Этого человека по соседству называют Матфеем и коричневым человеком, Филиппом. Как тебя зовут и где огонь?

" Я Белинья, я говорил с вами по телефону. Эта брюнетка - моя сестра Амелинья. Приходите и я объясню вам.

" Хорошо - Они приняли в трех пожарных в то же время.

Квинтет вошел в дом, и все казалось нормальным, потому что электричество вернулось. Они оседают на диване в гостиной вместе с девушками. Подозрительные, они делают разговор.

" Огонь закончился, не так ли? - Спросил Мэтью.

" Да. Мы уже контролируем его благодаря большим усилиям, - пояснил Амелинья.

" Жаль! Я хотела работать. Там, в казармах рутина настолько однообразна, сказал Фелипе.

" У меня идея. Как насчет того, чтобы работать более приятным способом? - Белинья предложил.

" Ты имеешь в виду, что ты то, что я думаю? - Допрошен Фелипе.

" Да. Мы одинокие женщины, которые любят удовольствие. «В настроении для удовольствия?» —спросила Белинья.

"   Только если вы идете сейчас, ответил черный человек.
"   Я слишком - подтвердил Браун Человек.
"   Подождите меня - Белый мальчик доступен.
"   Итак, давайте - сказал девочек.

Квинтет вошел в номер, разделяющий двушкою. Затем началась сексология. Белинья и Амелинья по очереди присутствовать на удовольствие трех пожарных. Все казалось волшебным и не было лучшего чувства, чем быть с ними. С разнообразными подарками они испытали сексуальные и позиционные вариации, создавая идеальную картину.

Девушки казались ненасытными в своем сексуальном пылу, что свело этих профессионалов с ума. Они прошли через ночь, имеющих секс и удовольствие, казалось, никогда не закончится. Они не уйти, пока им не позвонили с работы. Они уволились и пошли отвечать на полицейский рапорт. Несмотря на это, они никогда не забудут этот замечательный опыт вместе с "Извращенными сестрами".

Медицинская консультация

Это осенило красивую глубинку столицы. Обычно две извращенные сестры просыпались рано. Однако, когда они встали, они не чувствовали себя хорошо. Пока Амелинья чихала, ее сестра Белинья почувствовала себя немного задушенной. Эти факты, вероятно, пришли из предыдущей ночи на военной площади Вирджинии, где они пили, целовались в рот и гармонично фыркнул в безмятежную ночь.

Поскольку они плохо себя чувствовали и ни к чему не нуждались, они сидели на диване и религиозно думали о том, что делать, потому что профессиональные обязательства ждали решения.

" Что мы будем делать, сестра? Я совершенно задыхаюсь и исчерпаны - Сказал Белинья.

" Расскажите мне об этом! У меня болит голова, и я начинаю получать вирус. Мы заблудились! - Саид Амелинья.

" Но я не думаю, что это причина пропустить работу! Люди зависят от нас! - Саид Белинья

" Успокойся, давай не будем паниковать! Как насчет того, чтобы присоединиться к приятному? - Предложил Амелинья.

" Не говорите мне, что вы думаете, что я думаю .... - Белинья был поражен.

" Это правильно. Пойдем к врачу вместе! Это будет отличным поводом пропустить работу, и кто знает, не произойдет то, что мы хотим! - Саид Амелинья

" Отличная идея! Итак, чего же мы ждем? «Давайте приготовимся!» —спросила Белинья.

" Давай! - Амелинья согласилась.

Они отправились в свои вольеры. Они были так взволнованы этим решением; они даже не выглядели больными. Было ли это просто их изобретение? Прости меня, читатель, давай не будем плохо думать о наших дорогих друзьях. Вместо этого, мы будем сопровождать их в этой захватывающей новой главе жизни.

В спальне они купались в своих люксах, надели новую одежду и обувь, расчесывали длинные волосы, надели французский парфюм, а затем пошли на кухню. Там они разбили яйца и сыр, заполнив две буханки хлеба и поели охлажденным соком. Все было очень вкусно. Несмотря на это, они, казалось, не чувствуют, потому что тревога и нервозность перед назначением врача были гигантскими.

Со всем готовым, они покинули кухню, чтобы выйти из дома. С каждым шагом они сделали, их маленькие сердца пульсировал с эмоциями мышления в совершенно новый опыт. Блаженны они все! Оптимизм взял их и было то, что следует за другими!

Снаружи дома они идут в гараж. Открыв дверь двумя попытками, они стоят перед скромной красной машиной. Несмотря на хороший вкус в автомобилях, они предпочитали популярные классики, опасаясь общего насилия, присутствуют почти во всех бразильских регионах.

Без промедления девушки осторожно входят в машину, давая выход, а затем одна из них закрывает гараж, возвращаясь к машине сразу после этого. Кто ездит это Амелинья со стажем уже десять лет. Белинья еще не разрешено водить машину.

Очень короткий маршрут между их домом и больницей делается с безопасностью, гармонией и спокойствием. В тот момент у них было ложное ощущение, что они могут сделать что угодно. Противоречиво, они боялись его хитрости и свободы. Сами они были удивлены предпринятыми действиями. Это было не для чего-то меньшего, что они называли распутные хорошие ублюдки!

Приехав в больницу, они назначили встречу и дождались, когда ее после полудня. В этот промежуток времени они воспользовались сделать закуску и обменялись сообщениями через мобильное приложение со своими дорогими сексуальными слугами. Более циничным и жизнерадостным, чем эти, было невозможно быть!

Через некоторое время это их очередь, чтобы увидеть. Неразлучны, они входят в кабинет по уходу. Когда это происходит, у врача почти сердечный приступ. Перед ними был редкий кусок мужчины: высокий блондин, один метр и девяносто сантиметров в высоту, бородатый, волосы, образующие хвостик, мускулистые руки и грудь, естественные лица с ангельским взглядом. Еще до того, как они смогли поработать ответ, он предлагает:

" Сядьте, вы оба!

" Спасибо! - Они сказали и то, и другое.

У них есть время, чтобы сделать быстрый анализ окружающей среды: перед столом обслуживания, врач, стул, в котором он сидел и за шкафом. С правой стороны кровать. На стене экспрессионистские картины автора Кандидо портинари изображающие человека из сельской местности. Атмосфера очень уютная, оставляя девушек в покое. Атмосфера релаксации нарушается формальным аспектом консультаций.

" Скажи мне, что ты чувствуешь, девочки!

Это звучало неофициально для девочек. Как мило было, что блондинка человек! Должно быть, было вкусно поесть.

" Головная боль, недомогание и вирус! - Сказал Амелинья.

" Я задыхаюсь и устаю! - Он утверждал, Белинья.

" Это нормально! Дай-ка я взгляну! Лягу на кровать! - Спросил доктор.

Шлюхи едва дышали по этой просьбе. Профессионал заставил их снять часть одежды и почувствовал их в различных частях, которые вызвали озноб и холодный пот. Поняв, что с ними нет ничего серьезного, сопровождающий пошутил:

" Все это выглядит идеально! Чего ты хочешь, чтобы они боялись? Инъекция в?

" Мне это нравится! Если это большая и толстая инъекция еще лучше! - Сказал Белинья.

" Будете ли вы применять медленно, любовь? - Саид Амелинья.

" Вы уже просите слишком много! - Отметил врач.

Осторожно закрывая дверь, он падает на девушек, как дикое животное. Во-первых, он снимает остальную одежду с тел. Это еще больше обостряет его либидо. Будучи полностью голым, он восхищается на мгновение эти скульптурные существа. Тогда его очередь, чтобы показать. Он хочет, чтобы они сняли одежду. Это увеличивает взаимодействие и близость между группой.

Со всем готовым, они начинают предварительный секс.

Использование языка в чувствительных частях, как анус, и ухо блондинка вызывает мини оргазм удовольствия у обеих женщин. Все было хорошо, даже когда кто-то продолжал стучать в дверь. Нет выходов, он должен ответить. Он идет немного и открывает дверь. При этом он приходит через медсестру по вызову: стройный мулат, с тонкими ногами и очень низким.

" Доктор, у меня есть вопрос о лекарствах пациента: это пять или триста миллиграммов аспирин? - Спросил Роберто, показывая рецепт.

" Пятьсот! - Подтвержденный Алекс.

В этот момент медсестра увидела ноги обнаженных девушек, которые пытались спрятаться. Смеялся внутри.

" Немного пошутил, док? Даже не звони своим друзьям!

" Простите! Ты хочешь присоединиться к банде?

" Я бы с удовольствием!

" Тогда иди!

Они вошли в комнату, закрыв за собой дверь. Более чем быстро, мулат снял одежду. Полностью голый, он показал свою длинную, толстую, жилую мачту в качестве трофея. Белинья был в восторге и вскоре дает ему оральный секс. Алекс также потребовал, чтобы Амелинья сделала то же самое с ним. После устной, они начали анальный. В этой части, Белинья было очень трудно держаться за монстра петух медсестры. Но как только он вошел в отверстие, их удовольствие было огромным. С другой стороны, они не чувствовали никаких трудностей, потому что их пенис был нормальным.

Затем у них был вагинальный секс в различных положениях. Движение вперед и назад в полости вызвало галлюцинации в них. После этого этапа четверо объединились в групповой секс. Это был лучший опыт, в котором были потрачены оставшиеся энергии. Пятнадцать минут спустя они оба были распроданы. Для сестер секс никогда не закончится, но хорошо, как они уважали слабость этих мужчин. Не желая мешать своей работе, они перестали брать справку об оправдании работы и личный телефон. Они ушли полностью составленными, не вызывая чьего-либо внимания во время больничного перехода.

Прибыв на стоянку, они вошли в машину и начали путь обратно. Счастливые, как они, они уже думали о своих следующих сексуальных озорства. Извращенные сестры были действительно что-то!

Частный урок

Это был день, как и любой другой. Новички с работы, извращенные сестры были заняты домашними делами. Закончив все задания, они собрались в комнате, чтобы немного отдохнуть. В то время как Амелинья читала книгу, Белинья использовала мобильный интернет для просмотра своих любимых веб-сайтов.

В какой-то момент вторая кричит вслух в комнате, что пугает ее сестру.

"Что это, девочка? Ты ненормальный? - Спросил Амелинья.

" Я только что получил доступ к веб-сайту конкурсов, имеющих благодарный сюрприз сообщил Белинья.

" Расскажи мне больше!

" Регистрация федерального областного суда открыта. Давай сделаем?

"Хороший звонок, сестра моя! Какова зарплата?

" Более десяти тысяч первоначальных долларов.

"Очень хорошо! Моя работа лучше. Тем не менее я буду делать конкурс, потому что я готовлюсь к поиску других событий. Он будет служить в качестве эксперимента.

"Вы делаете очень хорошо! Ты поощряешь меня. Теперь, я не знаю, с чего начать. Можете ли вы дать мне советы?

" Купить виртуальный курс, задать много вопросов на испытательных площадках, делать и передел предыдущие тесты, писать резюме, смотреть советы и скачать хорошие материалы в Интернете среди прочего.

"Спасибо! Я возьму все эти советы! Но мне нужно что-то большее. Слушай, сестра, раз у нас есть деньги, как насчет того, чтобы заплатить за частный урок?

" Я не думал об этом. Хорошая идея! Есть ли у вас какие-либо предложения для компетентного человека?

" У меня есть очень компетентный учитель здесь из Арко Верде в моих телефонных контактах. Посмотри на его фотографию!

Белинья дал ее сестра ее мобильный телефон. Увидев фотографию мальчика, она была в восторге. Кроме красавца, он был умным! Было бы идеальной жертвой пара присоединения полезно для приятного.

"Что мы ждем? Иди за ним, сестра! «Нам нужно учиться в ближайшее время», —сказал Амелинья.

"Вы получили его! - Белинья принято.

Встав с дивана, она начала набирать номера телефона на номерной площадке. После того как вызов сделан, это займет всего несколько минут, чтобы ответить.

"Здравствуйте. Вы в порядке?

" Это все здорово, Ренато.

" Отправить заказы.

" Я занимался серфингом в Интернете, когда обнаружил, что заявки на участие в конкурсе федерального областного суда открыты. Я сразу же назвал свой ум респектабельным учителем. Помнишь школьный сезон?

" Я хорошо помню то время. Хорошие времена для тех, кто не вернется!

"Правильно! У вас есть время, чтобы дать нам частный урок?

"Какой разговор, барышня! Для тебя у меня всегда есть время! Какую дату мы наготовим?

" Можем ли мы сделать это завтра в 2:00? Нам нужно начать!

"Конечно, хочу! С моей помощью я смиренно говорю, что шансы на прохождение невероятно возрастают.

" Я в этом уверен!

" Как хорошо! Вы можете ожидать меня в 2:00.

"Большое спасибо! Увидимся завтра!

"Увидимся позже!

Белинья повесил трубку и набросал улыбку для своего спутника. Подозревая ответ, Амелинья спросил:
" Как все было?
" Он согласился. Завтра в 2 часа дня он будет здесь.
"Как хорошо! Нервы убивают меня!
"Просто полегче, сестра! Всё будет хорошо.
" Аминь!
" Будем ли мы готовить ужин? Я уже голоден!
"Ну вспомнил.!

Пара пошла из гостиной на кухню, где в приятной обстановке разговаривали, играли, готовили среди прочих мероприятий. Они были образцовыми фигурами сестер, объединенных болью и одиночеством. Тот факт, что они были ублюдками в сексе только квалифицированных их еще больше. Как вы все знаете, у бразильской женщины теплая кровь.

Вскоре после этого они побратимы за столом, думая о жизни и ее превратностям.

" Еда этой вкусной курицы строганов, я помню черный человек и пожарных! Моменты, которые, кажется, никогда не проходят! - Сказал Белинья!

"Расскажи мне об этом! Эти ребята восхитительны! Не говоря уже о медсестре и докторе! Мне очень понравилось! - Вспомнил Амелина!

"Правда, моя сестра! Имея красивую мачту, любой мужчина становится приятным! Пусть феминистки простят меня!

" Мы не должны быть настолько радикальными ...!

Два смеяться и продолжать есть пищу на столе.

На мгновение, ничего другого не имело значения. Они, казалось, были одни в мире, и это квалифицировало их как богинь красоты и любви. Потому что самое главное – чувствовать себя хорошо и иметь чувство собственного достоинства.

Уверенные в себе, они продолжают семейный ритуал. В конце этого этапа они серфинга в Интернете, слушать музыку на стерео гостиной, смотреть мыльные оперы, а затем, порно фильм. Эта спешка оставляет их дыхание и устали заставляя их идти на отдых в своих комнатах. Они с нетерпением ждали следующего дня.

Это не будет долго, прежде чем они попадают в глубокий сон. Помимо кошмаров, ночь и рассвет происходят в пределах нормы. Как только наступает рассвет, они вступают и начинают следовать обычной рутине: баня, завтрак, работа, возвращение домой, ванна, обед, сон и перейти к комнате, где они ждут запланированного визита.

Когда они слышат стук в дверь, Белинья встает и идет, чтобы ответить. Поступая таким образом, он приходит через улыбающегося учителя. Это вызвало у него хорошее внутреннее удовлетворение.

"С возвращением, друг мой! Готовы нас учить?

"Да, очень, очень готов! Еще раз спасибо за эту возможность! - Сказал Ренато.

"Давай сделаем звук! - Саид Белинья.

Мальчик не подумал дважды и принял просьбу девочки. Он поприветствовал Амелину и по ее сигналу сел на диван. Его первым отношением было снять черную вязаную блузку, потому что было слишком жарко. При этом он оставил свою хорошо отработавшую нагрудную пластину в тренажерном зале, пот капает и его темнокожий свет. Все эти детали были естественным афродизиаков для этих двух "извращенцев".

Притворяясь, что ничего не происходит, между ними начался разговор.

"Вы хорошо готовились, профессор? - Спросил Амелинья.

"Да! Начнем с какой статьи? - Спросил Ренато.

"Не знаю... - сказала Амелинья.

" Как насчет того, чтобы сначала повеселиться? После того как ты снял рубашку, я промокла! - Признался Белинья.

" Я также - Саид Амелинья.

" Вы двое действительно сексуальные маньяки! Разве это не то, что я люблю? - Сказал мастер.

Не дожидаясь ответа, он снял синие джинсы, показывающие мышцы бедра, солнцезащитные очки, показывающие его голубые глаза и, наконец, нижнее белье, показывающее совершенство длинного пениса, средней толщины и с треугольной головой. Этого было достаточно для маленьких шлюх, чтобы упасть на вершину и начать наслаждаться этим мужественным, веселым телом. С его помощью они сняли одежду и приступили к предварительному сексу.

Короче говоря, это был замечательный сексуальный контакт, где они испытали много нового. Это было почти сорок минут дикого секса в полной гармонии. В эти моменты эмоции были настолько велики, что они даже не заметили времени и пространства. Таким образом, они были бесконечны через Божью любовь.

Когда они достигли экстаза, они немного отдохнули на диване. Затем они изучали дисциплины, взимаемые конкурсом. Будучи студентами, они были полезными, умными и дисциплинированными, что было отмечено учителем. Я уверен, что они были на пути к утверждению.

Три часа спустя они перестали обещать новые учебные встречи. Счастливые в жизни, извращенные сестры отправились заботиться о своих других обязанностях, уже думая о своих следующих приключениях. Они были известны в городе как "Ненасытный".

конкурсный тест

Давненько не виделись. Около двух месяцев извращенные сестры посвящали себя конкурсу в соответствии с имеющихся времени. Каждый день, который прошел, они были более подготовлены к тому, что приходили и уходили. В то же время происходили сексуальные контакты, и в эти моменты они были освобождены.

Тестовый день, наконец, прибыл. Выехав пораньше из столицы глубинки, две сестры начали ходить по шоссе BR 232 общей протяженностью 250 км. По пути они проходили мимо основных пунктов внутренних дел государства: рыбацкий городок, прекрасный сад, Сан-Каэтано, Каруару, Правота, телята с и победа святого антао. Каждый из этих городов имел свою историю, чтобы рассказать и из своего опыта они впитали его полностью. Как хорошо было видеть горы, атлантический лес, катить, фермы, фермы, деревни, небольшие города и глотать чистый воздух, поступающий из лесов. Фернамбуку был действительно прекрасным государством!

Войдя в городской периметр столицы, они отмечают хорошую реализацию Путешествия. Возьмите главный проспект в окрестности хорошая поездка, где они будут выполнять испытания. По дороге они сталкиваются с перегруженным движением, безразличием со стороны незнакомых людей, загрязненным воздухом и отсутствием руководства. Но они, наконец, сделали это. Они входят в соответствующее здание, идентифицируют себя и начинают тестирование, которое будет длиться два периода. Во время первой части теста они полностью сосредоточены на проблеме вопросов множественного выбора. Хорошо разработанный банком, ответственным за это событие, побудило самых разнообразных разработок из двух. По их мнению, у них все хорошо. Когда они взяли перерыв, они вышли на обед и сок в ресторане перед зданием. Эти моменты были важны для них, чтобы сохранить их доверие, отношения и дружбу.

После этого они вернулись на полигон. Затем начался второй период мероприятия с вопросами, связанными с другими дисциплинами. Даже не сохраняя того же темпа, они по-прежнему весьма проницательны в своих ответах. Они доказали таким образом, что лучший способ пройти конкурсы, посвятив много исследований. Некоторое время спустя они прекратили свое уверенное участие. Они передали улики, вернулись в машину, двигаясь в сторону пляжа, расположенного неподалеку.

По дороге они играли, включили звук, комментировали гонку и продвинулись по улицам Ресифи, наблюдая за освещенными улицами столицы, потому что это была почти ночь. Они восхищаются зрелищем видел. Неудивительно, что город известен как "столица тропиков". Закат придав окружающей среде еще более великолепный вид. Как приятно быть там в тот момент!

Когда они достигли новой точки, они подошли к берегам моря, а затем начали в его холодные и спокойные воды. Спровоцированное чувство в восторге от радости, удовлетворения, удовлетворения и мира. Теряя счет времени, они плавают, пока не устают. После этого они лежат на пляже в звездном свете без страха и беспокойства. Магия блестяще овладела ими. Одно слово, которое будет использоваться в этом случае, было "неизмеримо".

В какой-то момент, с пляжем почти пустынны, есть подход двух мужчин девушек. Они пытаются встать и бежать перед лицом опасности. Но их останавливают сильные руки мальчиков.

" Полегче, девочки! Мы не будем причинять тебе боль! Мы только просим немного внимания и привязанности! - Один из них говорил.

Столкнувшись с мягким тоном, девушки смеялись от эмоций. Если они хотели секса, почему бы не удовлетворить их? Они были мастерами в этом искусстве. Отвечая на их ожидания, они встали и помогли им раздеться. Они доставили два презерватива и сделали стриптиз. Этого было достаточно, чтобы свести этих двух мужчин с ума.

Упав на землю, они любили друг друга парами, и их движения заставили пол трястись. Они позволили себе все сексуальные вариации и желания обоих. На данный момент доставки они не заботятся ни о чем или кого-либо. Для них они были одни во вселенной в великом ритуале любви без предрассудков. В сексе, они были полностью переплетены производства власти никогда раньше не видел. Как и инструменты, они были частью большей силы в продолжении жизни.

Просто истощение заставляет их остановиться. Полностью довольные, мужчины уходят и уходят. Девушки решают вернуться к машине. Они начинают свое путешествие обратно в свою резиденцию. Вполне хорошо, они взяли с собой свой опыт и ожидали хороших новостей о конкурсе они участвовали. Они, безусловно, заслужили удачу в мире.

Три часа спустя они вернулись домой с миром. Они благодарят Бога за благословения, дорываемые засыпать. На днях я ждала больше эмоций для двух маньяков.

Возвращение учителя

О рассвете. Солнце встает рано с его лучами,

проходящими через трещины окна собирается ласкать лица наших дорогих младенцев. Кроме того, прекрасный утренний бриз помог создать в них настроение. Как приятно было иметь возможность еще один день с благословения Отца. Медленно, два встать со своих кроватей почти в то же время. После купания их встреча происходит в навесе, где они готовят завтрак вместе. Это момент радости, ожидания и отвлечения обмена опытом в невероятно фантастические времена.

После завтрака они собираются вокруг стола удобно сидя на деревянных стульях со спинкой для колонны. Пока они едят, они обмениваются интимным опытом.

Белинья

Моя сестра, что это было?

Амелинья

Чистые эмоции! Я до сих пор помню каждую деталь тел этих дорогих кретинов!

Белинья

И я тоже! Я чувствовала огромное удовольствие. Это было почти экстрасенсорное.

Амелинья

Я знаю! Давайте делать эти сумасшедшие вещи чаще!

Белинья

Принимаю!

Амелинья

Тебе понравилось испытание?

Белинья

Я любила его. Я умираю, чтобы проверить свое выступление!

Амелинья

И я тоже!

Как только они закончили кормить, девочки забрали свои мобильные телефоны, доступ к мобильному интернету. Они перешли на страницу организации, чтобы проверить обратную связь с доказательствами. Они записали его на бумаге и пошли в комнату, чтобы проверить ответы.

Внутри, они прыгнули от радости, когда они увидели хорошую ноту. Они прошли! Эмоции не могут быть сдержаны прямо сейчас. После празднования много, у него есть лучшая идея: пригласить мастера Ренато, чтобы они могли отпраздновать успех миссии. Белинья снова отвечает за миссию. Она берет трубку и звонит.

Белинья

Привет?

Ренато

Привет, ты в порядке? Как ты, милая Белль?

Белинья

Очень хорошо! Угадай, что только что произошло.

Ренато

Не говори мне, что ты....

Белинья

Да! Мы прошли конкурс!

Ренато

Поздравляю! Разве я не говорил тебе?

Белинья

Я хочу поблагодарить вас за ваше сотрудничество во всех отношениях. Ты меня понимаешь, не так ли?

Ренато

Я понимаю. Нам нужно что-то подставить. Предпочтительно в вашем доме.

Белинья

Именно поэтому я позвонила. Мы можем сделать это сегодня?

Ренато

Да! Я могу сделать это сегодня вечером.

Белинья

Интересно. Мы ожидаем, что вы тогда в восемь часов вечера.

Ренато

Хорошо. Могу я взять с собой брата?

Белинья

Конечно!

Ренато

Увидимся!

Белинья

Увидимся!

Соединение заканчивается. Глядя на сестру, Белинья выпускает смех счастья. Любопытно, другой спрашивает:

Амелинья

Ну и что? LS он идет?

Белинья

Все в порядке! Сегодня в восемь часов мы

воссоединимся. Он и его брат идут! Вы когда-нибудь думали об оргии?

Амелинья

Расскажите мне об этом! Я уже трепещу от эмоций!

Белинья

Пусть будет сердце! Я надеюсь, что это работает!

Амелинья

- Все получилось!

Два смеха одновременно наполняя окружающую среду с положительными вибрациями. В тот момент я не сомневался, что судьба сговорилась на ночь веселья для этого маньяка дуэта. Они уже достигли так много этапов вместе, что они не ослабнут сейчас. Поэтому они должны продолжать боготворить мужчин как сексуальную игру, а затем отказаться от них. Это было наименьшее, что могла сделать раса, чтобы заплатить за свои страдания. На самом деле, ни одна женщина не заслуживает того, чтобы страдать. Вернее, почти каждая женщина не заслуживает боли.

Пора прихоть к работе. Выйдя из комнаты уже готовы, две сестры идут в гараж, где они оставляют в своей личной машине. Амелинья сначала отвердит Белинья в школу, а затем уедает в офис фермы. Там она источает радость и рассказывает профессиональные новости. Для утверждения конкурса он получает поздравления всех. То же самое происходит и с Белинья.

Позже они возвращаются домой и снова встречаются. Затем начинается подготовка к получению ваших коллег. День обещал быть еще более особенным.

ИЗВРАЩЕННЫЕ СЕСТРЫ

Ровно в запланированное время они слышат стук в дверь. Белинья, самый умный из них, встает и отвечает. С твердыми и безопасными шагами он кладет себя в дверь и открывает ее медленно. По завершении этой операции он визуализирует пару братьев. По сигналу хозяйки они входят и оседают на диване в гостиной.

Ренато

Это мой брат. Его зовут Рикардо.

Белинья

Приятно познакомиться, Рикардо.

Амелинья

Добро пожаловать сюда!

Рикардо

Я благодарю вас обоих. Удовольствие все моё!

Ренато

Я готов! Мы можем просто пойти в комнату?

Белинья

Давай!

Амелинья

Кто кого теперь получает?

Ренато

Я сам выбираю Белинья.

Белинья

Спасибо, Ренато, спасибо! Мы вместе!

Рикардо

Я буду рад остаться с Амелиной!

Амелинья

Ты будешь дрожать!

Рикардо

Увидим!

Белинья

Тогда пусть начнется вечеринка!

Мужчины нежно положили женщин на руку, неся их к кроватям, расположенным в спальне одного из них. Прибыв на место, они сходят с одежды и попадают в красивую мебель, начиная ритуал любви в нескольких позах, обмениваются ласками и соучастием. Волнение и удовольствие были настолько велики, что стоны производства можно было услышать через улицу канализации соседей. Я имею в виду, не так много, потому что они уже знали о своей славе.

С выводом сверху влюбленные возвращаются на кухню, где пьют сок с печеньем. Пока они едят, они болтают в течение двух часов, увеличивая взаимодействие группы. Как хорошо было быть там узнать о жизни и о том, как быть счастливым. Удовлетворение в настоящее время хорошо с самим собой и с миром утверждая свой опыт и ценности, прежде чем другие несут уверенность в не в состоянии быть судимым другими. Таким образом, максимум, по их мнению, был "Каждый из них является его собственной личностью".

С наступлением темноты они, наконец, прощаются. Посетители покидают «Дорогие Пиренеи» еще более в эйфории, думая о новых ситуациях. Мир просто продолжал поворачиваться к двум доверенным лицам. Пусть им повезет!

Маниакальный клоун

Наступило воскресенье и с ним много новостей в городе. Среди них приезд цирка под названием «Суперзвезда», известного на всю Бразилию. Это все, о чем мы говорили в этом районе. Любопытно, что две сестры запрограммировали присутствовать на открытии шоу, запланированном на этот самый вечер.

Рядом с расписанием они уже были готовы выйти на улицу после специального ужина для празднования своего неженатого человека. Одетые для гала-концерта, оба прошли парадом одновременно, где вышли из дома и вошли в гараж. Войдя в машину, они начинают с того, что один из них спускается и закрывает гараж. С возвращением того же путешествие может быть возобновлено без каких-либо дальнейших проблем.

Покинув район, Сент-Кристофер, направляйтесь в сторону района Боа-Виста на другом конце города, столицы внутренних районов с населением около восьмидесяти тысяч человек. Прогуливаясь по тихим проспектам, они поражаются архитектуре, рождественскому убранству, духам людей, церквям, горам, о которых они, казалось, говорили, ароматным каламбурам, которыми обменивались в соучастии, звуку громкого рока, французскому парфюму, разговорам о политике, бизнесе, обществе, партиях, северо-восточной культуре и секретах. Во всяком случае, они были полностью расслаблены, тревожны, нервны, а также сосредоточены.

По дороге мгновенно выпадает мелкий дождь. Вопреки ожиданиям, девушки открывают окна автомобиля, заставляя маленькие капли воды смазывать их лица. Этот жест показывает их простоту и аутентичность, истинных само астральных чемпионов. Это оптимальный вариант для людей. Какой смысл устранять неудачи, беспокойство и боль прошлого? Они никуда их не возьмут. Вот почему они были счастливы благодаря своему выбору. Хотя мир судил их, им было все равно, потому что они владели своей судьбой. С днем рождения их!

Около десяти минут они уже на парковке, пристроенной к цирку. Они закрывают машину, проходят несколько метров во внутренний двор окружающей среды. Для того, чтобы прийти рано, они сидят на первых трибунах. Пока вы ждете шоу, они покупают попкорн, пиво, бросают чушь и молчаливые каламбуры. Не было ничего лучше, чем быть в цирке!

Через сорок минут начинается шоу. Среди аттракционов шутливые клоуны, акробаты, артисты трапеции, акробаты, глобус смерти, фокусники, жонглеры и музыкальное шоу. В течение трех часов они живут волшебными моментами, смешны, отвлекаются, играют, влюбляются, наконец, живут. С распадом шоу они обязательно заходят в гримерку и приветствуют одного из клоунов. Он выполнил трюк, подбадривая их, как будто этого никогда не было.

Поднявшись на сцену, вы должны получить линию. Так совпало, что они последние, кто заходит в раздевалку. Там они находят изуродованного клоуна, вдали от сцены.

«Мы приехали сюда, чтобы поздравить вас с вашим

великолепным шоу. В этом есть Божий дар! Он наблюдал за Белинья.

«Твои слова и твои жесты потрясли мой дух. Не знаю, но заметил грусть в твоих глазах. Я прав?

«Спасибо вам обоим за слова. Как вас зовут? Ответил клоун.

«Меня зовут Амелинья!

«Меня зовут Белинья.

«Приятно познакомиться. Вы можете называть меня Жильбер то! Я пережил достаточно боли в этой жизни. Одним из них было недавнее расставание с женой. Вы должны понимать, что нелегко расстаться со своей женой после 20 лет жизни, верно? Несмотря на это, я рад исполнить свое искусство.

«Бедный парень! Извините, пожалуйста! (Амелинья).

«Что мы можем сделать, чтобы поднять ему настроение? (Белинья).

«Я не знаю как. После расставания с женой я очень скучаю по ней. (Жилберто).

«Мы можем это исправить, не так ли, сестра? (Белинья).

— Конечно. Вы красивый мужчина. (Амелинья)

«Спасибо, девочки. Вы замечательные. воскликнул Жилберто.

Не дожидаясь, белый, высокий, сильный, темноглазый мужчина разделся, и дамы последовали его примеру. Обнаженное, трио пошло в прелюдию прямо на полу. Больше, чем обмен эмоциями и ругань, секс забавлял их и поднимал им настроение. В эти короткие моменты они чувствовали части большей силы, любви Бога. Через любовь они достигли большего экстаза, которого мог достичь человек.

Закончив акт, они наряжаются и прощаются. Этот еще один шаг и вывод, который пришел, заключался в том, что человек был диким волком. Маниакального клоуна вы никогда не забудете. Больше нет, они покидают цирк, двигаясь на парковку. Они садятся в машину, отправляясь обратно. В ближайшие несколько дней было обещано больше сюрпризов.

Второй рассвет наступил прекраснее, чем когда-либо. Рано утром наши друзья с удовольствием чувствуют жар солнца и ветерок, блуждающий в их лицах. Эти контрасты вызывали в физическом аспекте того же хорошее чувство свободы, удовлетворения, удовлетворения и радости. Они были готовы встретить новый день.

Тем не менее, они концентрируют свои силы, достигая кульминации на их подъеме. Следующий шаг - пойти в люкс и сделать это с крайним бродяжничеством, как если бы они были из штата. Из штата Баия. Чтобы не навредить нашим дорогим соседям, конечно. Земля всех святых – это впечатляющее место, полное культуры, истории и светских традиций. Да здравствует. Из штата Баия.

В ванной они снимают одежду от странного ощущения, что они не одни. Кто когда-нибудь слышал о легенде о светлой ванной комнате? После марафона фильмов ужасов было нормально попасть с ним в неприятности. В последующий момент они кивают головами, пытаясь быть тише. Внезапно это приходит на ум каждому из них, их политическая траектория, их гражданская сторона, их профессиональная, религиозная сторона и их сексуальный аспект. Они чувствуют себя хорошо, будучи несовершенными устройствами. Они были уверены, что качества и недостатки добавляются к их личности.

Кроме того, они запираются в ванной комнате. Открывая душ, они пропускают горячую воду через потные тела из-за жары прошлой ночи. Жидкость служит катализатором, впитывающим все грустные вещи. Это именно то, что им нужно сейчас: забыть боль, травму, разочарования, беспокойство, пытаясь найти новые ожидания. Нынешний год имеет решающее значение в этом вопросе. Фантастический поворот в каждом аспекте жизни.

Процесс очистки начинается с использования растительных губок, мыла, шампуня, в дополнение к воде. В настоящее время они чувствуют одно из лучших удовольствий, которое заставляет вспомнить билет на риф и приключения на пляже. Интуитивно их дикий дух просит больше приключений в том, что они остаются, чтобы проанализировать, как только смогут. Ситуация благоприятствовала отгулам, совершенным на работе обоих в качестве премии за преданность государственной службе.

В течение примерно 20 минут они отложили немного в сторону свои цели, чтобы пережить рефлексивный момент в своей близости. В конце этого занятия они выходят из туалета, протирают мокрое тело полотенцем, носят чистую одежду и обувь, надевают швейцарские духи, импортный макияж из Германии с по-настоящему красивыми солнцезащитными очками и тиарами. Полностью готовые, они подходят к чаше со своими кошельками на полоске и приветствуют себя счастливыми воссоединением в благодарность доброму Господу.

В сотрудничестве они готовят завтрак из зависти: кускус в курином соусе, овощи, фрукты, кофе-сливки, крекеры. На равные части делится пища. Они чередуют минуты молчания с короткими обменами словами, потому что они были вежливы. Готовый завтрак, нет выхода за пределы того, что они намеревались.

«Что ты предлагаешь, Белинья? Мне надоело!

«У меня есть умная идея. Помните того человека, с которым мы познакомились на литературном фестивале?

«Я помню. Он был писателем, и его звали Божественное.

«У меня есть его номер. Как насчет того, чтобы мы связались? Я хотел бы знать, где он живет.

«Я тоже. Отличная идея. Сделай это. Мне понравится.

«Хорошо!

Белинья открыла сумочку, взяла телефон и начала набирать номер. Через несколько мгновений кто-то отвечает на реплику, и начинается разговор.

«Здравствуйте.

«Привет, Божественный. Хорошо?

«Хорошо, Белинья. Как дела?

«У нас все хорошо. Послушайте, это приглашение все еще действует? Мы с сестрой хотели бы провести сегодня вечером специальное шоу.

«Конечно. Вы не пожалеете. Здесь у нас есть пилы,

обильная природа, свежий воздух за пределами большой компании. Я доступен и сегодня.

«Как замечательно. Что ж, ждите нас на въезде в деревню. В течение самых 30 минут мы там.

«Это нормально. Увидимся!

«Увидимся позже!

Вызов заканчивается. С ухмылкой Белинья возвращается, чтобы пообщаться с сестрой.

«Он ответил утвердительно. Стоит ли нам?

«Давай. Чего Вы ждёте?

Оба проходят от чашки к выходу из дома, закрыв за собой ключом дверь. Затем они переезжают в гараж. Они ездят на служебном семейном автомобиле, оставляя свои проблемы позади в ожидании новых сюрпризов и эмоций на самой важной земле мира. Через город, с громким звуком, сохранили свою маленькую надежду на себя. Это стоило всего в тот момент, пока я не подумал о шансе быть счастливым навсегда.

С коротким временем они занимают правую сторону шоссе BR 232. Итак, начинается курс курса к достижениям и счастью. С умеренной скоростью они могут наслаждаться горным пейзажем на берегах трассы. Хотя это была известная среда, каждый отрывок там был больше, чем новинка. Это было заново открытое «я».

Проходя через места, фермы, деревни, идут голубые облака, пепел и розы, сухой воздух и жаркая температура. В запрограммированное время они подходят к самому буколическому входу в бразильскую внутреннюю часть. Мимозо полковников, экстрасенсов, Непорочного

Зачатия и людей с высокими интеллектуальными способностями.

Когда они остановились у входа в район, они ждали вашего дорогого друга с такой же улыбкой, как и всегда. Хороший знак для тех, кто искал приключений. Выйдя из машины, они идут навстречу благородному коллеге, который принимает их с объятиями, становящимися тройными. Этот момент, кажется, не заканчивается. Они уже повторяются, они начинают менять первые впечатления.

«Как ты, Божественный? — спросил Белинья.

«Хорошо, как дела? Соответствовал экстрасенсу.

«Отлично! (Белинья).

«Лучше, чем когда-либо, дополняла Амелинья.

«У меня есть отличная идея. Как насчет того, чтобы подняться на гору Ороруба? Именно там ровно восемь лет назад началась моя траектория в литературе.

«Какая красота! Это будет честь! (Амелинья).

«И для меня тоже! Я люблю природу. (Белинья).

«Итак, поехали сейчас. (Алдиван).

Подписав контракт, таинственный друг двух сестер вышел на улицы центра города. Спустившись направо, войдя в приватное место и пройдя около ста метров, помещает их в нижнюю часть пилы. Они делают быструю остановку, чтобы они могли отдохнуть и увлажниться. Каково было взобраться на гору после всех этих приключений? Чувство было покоем, коллекционированием, сомнением и колебаниями. Это было похоже на первый раз, когда все проблемы были обременены судьбой. Внезапно друзья сталкиваются с великим писателем с улыбкой.

«С чего все началось? Что это значит для вас? (Белинья).

«В 2009 году моя жизнь вращалась в монотонности. То, что поддерживало меня в живых, было желанием аутсорсинг то, что я чувствовал в мире. Именно тогда я услышал об этой горе и о силе его чудесной пещеры. Выхода не было, я решил рискнуть от имени своей мечты. Я собрал сумку, поднялся на гору, выполнил три испытания, которые я был аккредитован, вошел в грот отчаяния, самый смертоносный, опасный грот в мире. Внутри него я преодолел большие трудности, закончив, чтобы добраться до камеры. Именно в тот момент экстаза произошло чудо, я стал экстрасенсом, всеведущим существом через его видения. До сих пор было еще двадцать приключений, и я не остановлюсь так скоро. Благодаря читателям, постепенно, я достигаю своей цели покорить мир.

«Захватывающе. Я ваш поклонник. (Амелинья).

«Трогательно. Я знаю, как вы должны относиться к выполнению этой задачи снова. (Белинья).

«Отлично. Я чувствую смесь хороших вещей, включая успех, веру, коготь и оптимизм. Это дает мне хорошую энергию, сказал экстрасенс.

«Хорошо. Какой совет вы нам даете?

«Давайте сосредоточимся. Готовы ли вы узнать лучше для себя? (мастер).

— Да. Они согласились и на то, и на другое.

«Тогда следуйте за мной.

Трио возобновило предприятие. Солнце греется, ветер

дует немного сильнее, птицы улетают и поют, камни и шипы как бы двигаются, земля трясется и горные голоса начинают действовать. Это среда, присутствующая на подъеме пилы.

Имея большой опыт, мужчина в пещере все время помогает женщинам. Действуя таким образом, он придал практическим достоинствам такие важные качества, как солидарность и сотрудничество. В свою очередь, они одарили его человеческим теплом и неодинаковой самоотверженностью. Можно сказать, что это было то непреодолимое, неудержимое, компетентное трио.

Мало-помалу они шаг за шагом поднимаются по ступеням счастья. Несмотря на значительные достижения, они остаются неутомимыми в своих поисках. В сиквеле они немного замедляют темп ходьбы, но сохраняют его устойчивым. Как говорится, медленно уходит далеко. Эта уверенность сопровождает их все время, создавая духовный спектр пациентов, осторожность, терпимость и преодоление. С этими элементами у них была вера, чтобы преодолеть любые невзгоды.

Следующий пункт, священный камень, завершает треть курса. Есть короткий перерыв, и они наслаждаются им, чтобы помолиться, поблагодарить, подумать и спланировать следующие шаги. В правильной мере они стремились удовлетворить свои надежды, свои страхи, свою боль, пытки и печали. Для того, чтобы иметь веру, неизгладимый мир наполняет их сердца.

С перезагрузкой путешествия, неопределенность, сомнения и сила неожиданного возвращаются к действию.

Хотя это могло напугать их, они несли безопасность пребывания в присутствии Бога и маленький росток внутри страны. Ничто или кто-либо не мог причинить им вреда просто потому, что Бог не позволил бы этого. Они осознавали эту защиту в каждый трудный момент жизни, когда другие просто бросали их. Бог фактически является нашим единственным верным другом.

Далее, они находятся на полпути. Восхождение по-прежнему проводится с большей самоотдачей и настройкой. В отличие от того, что обычно происходит с обычными альпинистами, ритм помогает мотивации, воле и доставке. Хотя они не были спортсменами, это было замечательно их выступление за то, что они были здоровыми и преданными молодыми.

После завершения трех четвертей маршрута ожидание доходит до невыносимых уровней. Как долго им придется ждать? В этот момент давления лучшее, что можно было сделать, это попытаться контролировать импульс любопытства. Все было осторожно теперь благодаря действиям противоборствующих сил.

Через немного больше времени они, наконец, заканчивают маршрут. Солнце светит ярче, свет Божий освещает их и выходит из следа хранитель и его сын Ренато. Все полностью возродилось в сердце этих милых малышей. Они заслужили эту благодать за то, что так усердно работали. Следующий шаг экстрасенса – нарваться на крепкие объятия со своими благодетелями. Его коллеги следуют за ним и обнимаются в пять раз.

Рад тебя видеть, сын Божий! Я давно тебя не видел!

Мой материнский инстинкт предупреждал меня о твоем приближении, сказала прародина.

«Я рад! Как будто я помню свое первое приключение. Было так много эмоций. Горы, проблемы, пещера и путешествия во времени ознаменовали мою историю. Возвращение сюда приносит мне хорошие воспоминания. Теперь я беру с собой двух дружелюбных воинов. Им нужна была эта встреча со святым.

«Как вас зовут, дамы? — спросил страж Горы.

«Меня зовут Белинья, и я аудитор.

«Меня зовут Амелинья, и я учитель. Мы живем в Арко Верде.

«Добро пожаловать, дамы. (Страж горы.).

«Мы благодарны! Сказали одновременно два посетителя со слезами, текущими на глазах.

«Я тоже люблю новых друзей. Быть рядом с моим хозяином снова доставляет мне особое удовольствие от тех, кто невыразим. Единственные люди, которые знают, как это понять, это мы двое. Разве это не так, партнер? (Ренато).

«Ты никогда не меняешься, Ренато! Ваши слова бесценны. Несмотря на все мое безумие, найти его было одной из хороших вещей моей судьбы.

Мой друг и мой брат ответили экстрасенсу, не вычислив слов. Они вышли естественным образом за истинным чувством, которое питало его.

«Мы соответствовали в той же мере. Именно поэтому наша история пользуется успехом, отметил молодой человек.

«Как приятно быть в этой истории. Я понятия не имел, насколько особенной была гора в своей траектории, дорогой писатель, сказал Амелинья.

«Он действительно замечательный, сестра. Кроме того, ваши друзья действительно милые. Мы живем настоящим вымыслом, и это самое замечательное, что есть. (Белинья).

«Мы ценим комплимент. Тем не менее, вы, должно быть, устали от усилий, затраченных на восхождение. Как насчет того, чтобы мы поехали домой? Нам всегда есть что предложить. (Мадам).

«Мы воспользовались возможностью, чтобы наверстать упущенное в наших разговорах. Я очень скучаю по Ренато.

«Я думаю, что это здорово. Что касается дам, что вы скажете?

«Мне понравится. (Белинья).

«Мы это сделаем!

«Тогда отпусти нас! Закончил мастер.

Квинтет начинает ходить в порядке, заданном этой фантастической фигурой. Тут же холодный удар по усталым скелетам класса. Кем была эта женщина и какими полномочиями она обладала? Несмотря на то, что так много моментов вместе, тайна оставалась запертой, как дверь к семи ключам. Они никогда не узнают, потому что это было частью горной тайны. Одновременно их сердца остались в тумане. Они были истощены от того, чтобы жертвовать любовь и не получать, прощать и снова разочаровывать. Во всяком случае, либо они привыкли к реальности жизни, либо будут много страдать. Поэтому им нужен был совет.

Шаг за шагом они собираются преодолевать препятствия. Мгновенно они слышат тревожный крик. Одним взглядом босс успокаивает их. Таково было чувство иерархии, в то время как самые сильные и опытные защищали, слуги возвращались с преданностью, поклонением и дружбой. Это была улица с двусторонним движением.

К сожалению, они справятся с прогулкой с большой и мягкостью. Какая идея прошла через голову Белинья? Они находились посреди куста, разбитые мерзкими животными, которые могли причинить им вред. Кроме того, на их ногах были шипы и заостренные камни. Поскольку каждая ситуация имеет свою точку зрения, нахождение там было единственным шансом понять себя и свои желания, что-то дефицитное в жизни посетителей. Вскоре это стоило приключений.

На следующей половине пути они сделают остановку. Прямо рядом был фруктовый сад. Они направляются на небеса. Намекая на библейскую сказку, они чувствовали себя полностью свободными и интегрированными в природу. Как дети, они играют, лазя по деревьям, они берут плоды, они спускаются и едят их. Затем они медитируют. Они учились, как только жизнь создавалась мгновениями. Независимо от того, грустны они или счастливы, хорошо наслаждаться ими, пока мы живы.

В последующее мгновение они принимают освежающую ванну в озере. Этот факт вызывает хорошие воспоминания об одном, о самых замечательных переживаниях в их жизни. Как приятно было быть ребенком! Как тяжело было вырасти и столкнуться со взрослой жизнью. Живите с ложью, ложью и ложной моралью людей.

Двигаясь дальше, они приближаются к судьбе. Внизу справа по тропе уже можно увидеть простую хижину. Это было святилище самых замечательных, таинственных людей на горе. Они были замечательными, что доказывает, что ценность человека не в том, чем он обладает. Благородство души заключается в характере, в благотворительности и консультирование. Так, поговорка гласит: друг на площади лучше, чем деньги, депонированные в банке.

На несколько шагов вперед они останавливаются перед входом в каюту. Получат ли они ответы на ваши внутренние запросы? Только время могло ответить на этот и другие вопросы. Важным в этом было то, что они были там для всего, что приходит и уходит.

Взяв на себя роль хозяйки, опекун открывает дверь, давая всем остальным доступ внутрь дома. Они входят в пустую кабину, наблюдая за всем широко. Они впечатлены деликатностью места, представленного орнаментом, предметами, мебелью и климатом тайны. Противоречиво, здесь было больше богатства и культурного разнообразия, чем во многих дворцах. Таким образом, мы можем чувствовать себя счастливыми и завершенными даже в скромной обстановке.

Один за другим вы поселитесь в доступных местах, за

исключением того, что Ренато пойдет на кухню, чтобы приготовить обед. Первоначальный климат застенчивости нарушен.

«Я хотела бы узнать вас поближе, девочки.

«Мы две девушки из Арко Верде Сити. Мы счастливы в профессиональном плане, но неудачники влюблены. С тех пор, как меня предал мой старый партнер, я был разочарован, признался Белинья.

«Именно тогда мы решили вернуться к мужчинам. Мы заключили договор, чтобы заманить их и использовать в качестве объекта. Мы никогда больше не будем страдать, сказал Амелинья.

«Я оказываю им всю свою поддержку. Я встретил их в толпе, и теперь у них появилась возможность побывать здесь. (Сын Божий)

«Интересно. Это естественная реакция на страдания разочарований. Тем не менее, это не лучший способ следовать. Судить о целом виде по отношению человека — явная ошибка. Каждый из них имеет свою индивидуальность. Это ваше священное и бесстыдное лицо может вызвать больше конфликтов и удовольствий. Именно вам предстоит найти правильную точку этой истории. Что я могу сделать, так это поддержать, как это сделал ваш друг, и стать соучастником этой истории, проанализированной священным духом горы.

«Я позволю это. Я хочу найти себя в этой святыне. (Амелинья).

«Я тоже принимаю вашу дружбу. Кто знал, что я буду в фантастической мыльной опере? Миф о пещере и горе кажется таковым и сейчас. Могу ли я загадать желание? (Белинья).

«Конечно, дорогая.

Горные существа могут слышать просьбы скромных мечтателей, как это случилось со мной. Имейте веру! (сын Божий).

«Мне так не верят. Но если вы так скажете, я постараюсь. Я прошу всех нас об успешном завершении. Пусть каждый из вас сбудется в основных сферах жизни.

«Я даю его! Гремит глубокий голос посреди комнаты.

Обе шлюхи совершили прыжок на землю. Между тем, остальные смеялись и плакали от реакции обоих. Этот факт был скорее делом судьбы. Какой сюрприз. Не было никого, кто мог бы предсказать, что происходит на вершине горы. Поскольку известный индеец умер на месте происшествия, ощущение реальности оставило место для сверхъестественного, таинственного и необычного.

«Какого черта был этот гром? Меня трясет до сих пор, призналась Амелинья.

«Я услышал, что сказал голос. Она подтвердила мое желание. «Мечтаю ли я?» —спросил Белинья.

«Чудеса случаются! Со временем вы будете точно знать, что значит сказать это, сказал мастер.

«Я верю в гору, и вы тоже должны верить в нее. Благодаря ее чуду я остаюсь здесь убежденным и в безопасности в своих решениях. Если мы потерпим неудачу один раз, мы можем начать все сначала. У живых всегда есть надежда, заверил шаман экстрасенса, показавшего сигнал на крыше.

«Свет. Что это значит? (Белинья).

«Это так красиво и ярко. (Амелинья).

«Это свет нашей вечной дружбы. Хотя она исчезает физически, она останется нетронутой в наших сердцах. (Хранитель

«Мы все светлые, хотя и в разных отношениях. Наша судьба – счастье. (Экстрасенс).

Вот тут-то и приходит Ренато и делает предложение.

«Пришло время выйти на улицу и найти друзей. Пришло время веселья.

«Я с нетерпением жду этого. (Белинья)

«Чего мы ждем? Пора. (КРИЧИТ)

Квартет выходит в лес. Темп шагов быстрый, что раскрывает внутреннюю боль персонажей. Сельская среда Мимозо способствовала зрелищу природы. С какими трудностями вы бы столкнулись? Будут ли свирепые животные опасны? Горные мифы могли атаковать в любое время, что было довольно опасно. Но мужество было качеством, которое все там несли. Ничто не остановит их счастье.

Время пришло. В команде активов был чернокожий ренато и светловолосый человек. В пассивной команде были Божественный, Белинья и Амелинья. со сформированной командой начинается веселье среди серо-зеленых из деревенских лесов.

Чернокожий парень встречается с Божественный. Ренато встречается с Амелинья, а белокурый мужчина встречается с Белинья. Групповой секс начинается с обмена энергией между шестерками. Все они были для всех для одного. Жажда секса и удовольствия была общей для всех. Меняя позиции, каждый испытывает уникальные ощущения. Они пробуют анальный секс, вагинальный секс, оральный секс, групповой секс среди других методов секса. Это доказывает, что любовь не является грехом. Это торговля фундаментальной энергией для эволюции человека. Без чувства вины они быстро обмениваются партнером, который обеспечивает множественные оргазмы. Это смесь экстази, которая включает в себя группу. Они проводят часы, занимаясь сексом, пока не устанут.

После того, как все будет завершено, они возвращаются на исходные позиции. На горе было еще многое, что можно было открыть.

Утро понедельника красивее, чем когда-либо. Рано утром наши друзья получают удовольствие от ощущения жара солнца и ветерка, блуждающего в их лицах. Эти контрасты вызывали в физическом аспекте того же хорошее чувство свободы, удовлетворения, удовлетворения и радости. Они были готовы встретить новый день.

При второй мысли они концентрируют свои силы, кульминацией которых является их подъем. Следующий шаг - пойти в люксы и сделать это с крайним бродяжничеством, как если бы они были из штата. Из штата Баия. Чтобы не навредить нашим дорогим соседям, конечно. Земля всех святых – это впечатляющее место, полное культуры, истории и светских традиций. Да здравствует. Из штата Баия!

В ванной они снимают одежду от странного ощущения,

что они не одни. Кто когда-нибудь слышал о легенде о светлой ванной комнате? После марафона фильмов ужасов было нормально попасть с ним в неприятности. В последующий момент они кивают головами, пытаясь быть тише. Внезапно каждому из них приходит в голову их политическая траектория, их гражданская сторона, их профессиональная, религиозная сторона и их сексуальный аспект. Они чувствуют себя хорошо, будучи несовершенными устройствами. Они были уверены, что качества и недостатки добавляются к их личности.

Они запираются в ванной комнате. Открывая душ, они пропускают горячую воду через потные тела из-за жары прошлой ночи. Жидкость служит катализатором, впитывающим все грустные вещи. Это именно то, что им нужно сейчас: забыть о боли, травме, разочарованиях, беспокойстве, пытаясь найти новые ожидания. нынешний год имел решающее значение в нем. Фантастический поворот в каждом аспекте жизни.

Процесс очистки начинается с использования стеклоочистителя, мыла, шампуня за водой. В настоящее время они чувствуют одно из лучших удовольствий, которое заставляет их помнить о перевале на рифе и приключениях на пляже. Интуитивно их дикий дух просит больше приключений в том, что они остаются, чтобы проанализировать, как только смогут. Ситуация благоприятствовала отгулам, совершенным на работе обоих в качестве премии за преданность государственной службе.

В течение примерно 20 минут они отложили немного

в сторону свои цели, чтобы пережить рефлексивный момент в своей близости. В конце этого занятия они выходят из туалета, протирают мокрое тело полотенцем, носят чистую одежду и обувь, надевают швейцарские духи, импортный макияж из Германии с по-настоящему красивыми солнцезащитными очками и тиарами. Полностью готовые, они подходят к чаше со своими кошельками на полоске и приветствуют себя счастливыми воссоединением в благодарность доброму Господу.

В сотрудничестве они готовят завтрак из зависти, куриного соуса, овощей, фруктов, кофе-сливок и крекеров. На равные части делится пища. Они чередуют минуты молчания с короткими обменами словами, потому что они были вежливы. Готовый завтрак, спасения не осталось, чем они предполагали.

«Что ты предлагаешь, Белинья? Мне надоело!

«У меня есть умная идея. Помните того парня, которого мы нашли в толпе?

«Я помню. Он был писателем, и его звали Божественное.

«У меня есть его номер телефона. Как насчет того, чтобы мы связались? Я хотел бы знать, где он живет.

«Я тоже. Отличная идея. Сделай это. Я бы с удовольствием.

«Хорошо!

Белинья открыла сумочку, взяла телефон и начала набирать номер. Через несколько мгновений кто-то отвечает на реплику, и начинается разговор.

«Здравствуйте.

«Привет, Божественный, как дела?

«Хорошо, Белинья. Как дела?

«У нас все хорошо. Послушайте, это приглашение все еще действует? Мы с сестрой хотели бы провести сегодня вечером специальное шоу.

«Конечно. Вы не пожалеете. Здесь у нас есть пилы, обильная природа, свежий воздух за пределами большой компании. Я доступен и сегодня.

«Как замечательно! Тогда ждите нас на въезде в деревню. В течение самых 30 минут мы там.

«Хорошо! Итак, до тех пор!

«Увидимся позже!

Вызов заканчивается. С ухмылкой Белинья возвращается, чтобы пообщаться с сестрой.

«Он ответил утвердительно. Пойдем?

«Давай! Чего Вы ждёте?

Оба проходят от чашки к выходу из дома, закрывая за собой ключом дверь. Затем отправляйтесь в гараж. Пилотируя служебный семейный автомобиль, оставляя свои проблемы позади в ожидании новых сюрпризов и эмоций на самой важной земле мира. Через город, с громким звуком, сохранили свою маленькую надежду на себя. Это стоило всего в тот момент, пока я не подумал о шансе быть счастливым навсегда.

С коротким временем они занимают правую сторону шоссе BR 232. Итак, начинайте курс курса к достижениям и счастью. С умеренной скоростью они могут наслаждаться горным пейзажем на берегах трассы. Хотя это была известная среда, каждый отрывок там был больше, чем новинка. Это было заново открытое «я».

Проходя через места, фермы, деревни, идут голубые облака, пепел и розы, сухой воздух и жаркая температура. В запрограммированное время они подходят к самому буколическому входу в интерьер штата Пернамбуко. Мимозо полковников, экстрасенсов, Непорочного Зачатия и людей с высокими интеллектуальными способностями.

Когда вы остановились у входа в район, вы ожидали своего дорогого друга с такой же улыбкой, как и всегда. Хороший знак для тех, кто искал приключений. Выйдите из машины, отправляйтесь навстречу благородному коллеге, который принимает их с объятиями, становящимися тройными. Этот момент, кажется, не заканчивается. Они уже повторяются, они начинают менять первые впечатления.

«Как ты, Божественный? (Белинья)

«Ну, а как насчет тебя? (Экстрасенс)

«Отлично! (Белинья)

«Лучше, чем когда-либо» (Амелинья)

«У меня есть отличная идея, как насчет того, чтобы мы поднялись на гору Ороруба? Именно там ровно восемь лет назад началась моя траектория в литературе.

«Какая красота! Это будет честь! (Амелинья)

«И для меня тоже! Я люблю природу! (Белинья)

«Итак, поехали! (Алдиван)

Подписав контракт, чтобы последовать за ним, таинственный друг двух сестер вышел на улицы центра города. Спустившись направо, войдя в приватное место и пройдя около ста метров, помещает их в нижнюю часть пилы. Они делают быструю остановку, чтобы отдохнуть и увлажниться. Каково было взобраться на гору после всех этих приключений? Чувство было покоем, коллекционированием, сомнением и колебаниями. Это было похоже на первый раз, когда все проблемы были обременены судьбой. Внезапно друзья сталкиваются с великим писателем с улыбкой.

«С чего все началось? Что это значит для вас? (Белинья)

«В 2009 году моя жизнь вращалась в монотонности. То, что поддерживало меня в живых, было желанием аутсорсинг то, что я чувствовал в мире. Именно тогда я услышал об этой горе и о силе его чудесной пещеры. Выхода не было, я решил рискнуть от имени своей мечты. Я собрал свою сумку, поднялся на гору, выполнил три испытания, которые я получил, вошел в грот отчаяния, самый смертоносный, опасный грот в мире. Внутри него я преодолел большие трудности, закончив, чтобы добраться до камеры. Именно в тот момент экстаза произошло чудо, я стал экстрасенсом, всеведущим существом через его видения. До сих пор было еще двадцать приключений, и я не собираюсь останавливаться так скоро. С помощью читателей, понемногу, я получаю свою цель покорить мир. (сын Божий)

«Захватывающе! Я ваш поклонник. (Амелинья)

«Я знаю, как вы должны относиться к выполнению этой задачи снова. (Белинья)

«Очень хорошо! Я чувствую смесь хороших вещей,

включая успех, веру, коготь и оптимизм. Это дает мне хорошую энергию. (Экстрасенс)

«Хорошо! Какой совет вы нам даете? (Белинья)

«Давайте сосредоточимся. Готовы ли вы узнать лучше для себя? (мастер)

«Да! Они согласились и на то, и на другое.

«Тогда следуй за мной!

Трио возобновило предприятие. Солнце греется, ветер дует немного сильнее, птицы улетают и поют, камни и шипы как бы двигаются, земля трясется и горные голоса начинают действовать. Это среда, присутствующая на подъеме пилы.

Имея большой опыт, мужчина в пещере все время помогает женщинам. Действуя таким образом, он придал практическим достоинствам такие важные качества, как солидарность и сотрудничество. В свою очередь, они одарили его человеческим теплом и непревзойденной самоотверженностью. Можно сказать, что это было то непреодолимое, неудержимое, компетентное трио.

Мало-помалу они шаг за шагом поднимаются по ступеням счастья. С самоотверженностью и настойчивостью они обгоняют высшее, завершая четверть пути. Несмотря на значительные достижения, они остаются неутомимыми в своих поисках. Они были потому, что поздравляют.

В сиквеле немного замедлите темп ходьбы, но сохраните его стабильным. Как говорится, потихоньку уходит далеко. Эта уверенность сопровождает их все время, создавая духовный спектр терпения, осторожности, терпимости и преодоления. С этими элементами у них была вера, чтобы преодолеть любые невзгоды.

Следующий пункт, священный камень завершает треть курса. Есть короткий перерыв, и они наслаждаются им, чтобы помолиться, поблагодарить, подумать и спланировать следующие шаги. В правильной мере они стремились удовлетворить свои надежды, свои страхи, свою боль, пытки и печали. Для того, чтобы иметь веру, неизгладимый мир наполняет их сердца.

С перезагрузкой путешествия, неопределенность, сомнения и сила неожиданного возвращаются к действию. Хотя это могло напугать их, они несли безопасность пребывания в присутствии божественного проростка интерьера. Ничто или кто-либо не мог причинить им вреда просто потому, что Бог не позволил бы этого. Они осознавали эту защиту в каждый трудный момент жизни, когда другие просто бросали их. Бог фактически является нашим единственным истинным и верным другом.

Далее, они находятся на полпути. Восхождение по-прежнему проводится с большей самоотдачей и настройкой. В отличие от того, что обычно происходит с обычными альпинистами, ритм помогает мотивации, воле и доставке. Хотя они не были спортсменами, это было замечательно их выступление за то, что они были здоровыми и преданными молодыми.

С курса третьей четверти ожидания выходят на невыносимые уровни. Как долго им придется ждать? В этот момент давления лучшее, что можно было сделать, это попытаться контролировать импульс любопытства.

Все было осторожно теперь благодаря действиям противоборствующих сил.

Получив немного больше времени, они, наконец, заканчивают курс. Солнце светит ярче, свет Божий освещает их и выходит из следа хранитель и его сын Ренато. Все полностью возродилось в сердце этих милых малышей. Они заслужили эту благодать через закон о растениеводстве. Следующий шаг экстрасенса – нарваться на крепкие объятия со своими благодетелями. Его коллеги следуют за ним и обнимаются в пять раз.

«Рад тебя видеть, сын Божий! Давно не видит! Мой материнский инстинкт предупреждал меня о твоем подходе, прародина.

Я рада! Как будто я помню свое первое приключение. Было так много эмоций. Горы, проблемы, пещера и путешествия во времени ознаменовали мою историю. Возвращение сюда приносит мне хорошие воспоминания. Теперь я беру с собой двух дружелюбных воинов. Им нужна была эта встреча со святым.

«Как вас зовут, дамы? (Хранитель)

«Меня зовут Белинья, и я аудитор.

«Меня зовут Амелинья, и я учитель. Мы живем в Арко Верде.

«Добро пожаловать, дамы. (Хранитель)

«Мы благодарны! — сказали одновременно два посетителя со слезами, текущими на глазах.

«Я тоже люблю новых друзей. Быть рядом с моим хозяином снова доставляет мне особое удовольствие от тех, кто невыразим. Только люди, которые знают, как это понять, это мы двое. Разве это не так, партнер? (Ренато)

«Ты никогда не меняешься, Ренато! Ваши слова бесценны. Несмотря на все мое безумие, найти его было одной из хороших вещей моей судьбы. Мой друг и мой брат. (Экстрасенс).

Они вышли естественным образом за истинным чувством, которое питало его.

«Мы соответствуем в одинаковой степени. Именно поэтому наша история пользуется успехом», — сказал молодой человек.

«Хорошо быть частью этой истории. Я даже не знала, насколько особенной была гора в своей траектории, — сказал дорогой писатель», — сказал Амелинья.

«Он действительно замечательный, сестра. Кроме того, ваши друзья очень дружелюбны. Мы живем настоящим вымыслом, и это самое замечательное, что существует. (Белинья)

«Мы благодарим вас за комплимент. Тем не менее, они, должно быть, устали от усилий, затрачиваемых на скалолазание. Как насчет того, чтобы мы поехали домой? Нам всегда есть что предложить. (Мадам)

«Мы воспользовались шансом, чтобы наверстать упущенное в разговорах. Я очень скучаю по тебе», — признался Ренато.

«Меня это устраивает. Это здорово, что касается дам, что они мне говорят?

"Мне понравится!" Белинья утверждал.

— Да, поехали, — согласился Амелинья.

«Итак, поехали!» Мастер заключил.

Квинтет начинает ходить в порядке, заданном этой фантастической фигурой. Прямо сейчас холодный удар по усталым скелетам класса. Кем была эта женщина, кто она, кто обладал властью? Несмотря на то, что так много моментов вместе, тайна оставалась запертой, как дверь к семи ключам. Они никогда не узнают, потому что это было частью горной тайны. Одновременно их сердца остались в тумане. Они были истощены от того, чтобы жертвовать любовь и не получать, прощать и снова разочаровывать. Во всяком случае, либо они привыкли к реальности жизни, либо будут много страдать. Поэтому им нужен был совет.

Шаг за шагом вы будете преодолевать препятствия. В какой-то момент они слышат тревожный крик. Одним взглядом босс успокаивает их. Таково было чувство иерархии, в то время как самые сильные и опытные защищали, слуги возвращались с преданностью, поклонением и дружбой. Это была улица с двусторонним движением.

К сожалению, они справятся с прогулкой с большой и мягкостью. Какая идея прошла через голову Белинья? Они находились посреди куста, разбитые мерзкими животными, которые могли причинить им вред. Кроме того, на их ногах были шипы и заостренные камни. Поскольку каждая ситуация имеет свою точку зрения, находясь там, был единственный шанс, что вы сможете понять себя и свои желания, что-то дефицитное в жизни посетителей. Вскоре это стоило приключений.

На следующей половине пути они сделают остановку.

Прямо рядом был фруктовый сад. Они направляются на небеса. Намекая на библейскую сказку, они чувствовали себя дополнительно свободными и интегрированными в природу. Как дети, они играют, лазая по деревьям, они берут плоды, они спускаются и едят их. Затем они медитируют. Они учились, как только жизнь создавалась мгновениями. Независимо от того, грустны они или счастливы, хорошо наслаждаться ими, пока мы живы.

В последующее мгновение они принимают освежающую ванну в озере. Этот факт вызывает хорошие воспоминания об одном, о самых замечательных переживаниях в их жизни. Как приятно было быть ребенком! Как тяжело было вырасти и столкнуться со взрослой жизнью. Живите с ложью, ложью и ложной моралью людей.

Двигаясь дальше, они приближаются к судьбе. Внизу справа по тропе уже можно увидеть простую хижину. Это было святилище самых замечательных, таинственных людей на горе. Они были удивительными, что доказывает, что ценность человека не в том, чем он обладает. Благородство души находится в характере, в отношении благотворительных организаций и консультирования. Вот почему они говорят следующее, что лучше друг на площади стоит, чем деньги, депонированные в банке.

На несколько шагов вперед они останавливаются перед входом в каюту. Получили ли они ответы на свои внутренние вопросы? Только время могло ответить на этот и другие вопросы. Важным в этом было то, что они были там для всего, что приходит и уходит.

Взяв на себя роль хозяйки, опекун открывает дверь, предоставляя всем остальным доступ внутрь дома. Они входят в уникальную тщеславную кабину, наблюдая за всем в большом устройстве. Они впечатлены деликатностью места, представленного орнаментом, предметами, мебелью и климатом тайны. Как ни странно, в этом месте было больше богатства и культурного разнообразия, чем во многих дворцах. Таким образом, мы можем чувствовать себя счастливыми и завершенными даже в скромной обстановке.

Один за другим вы поселитесь в доступных местах, кроме кухни Ренато, приготовьте обед. Первоначальный климат застенчивости нарушен.

«Я хотел бы узнать вас лучше, девочки. (Опекун)

«Мы две девушки из Арко Верде Сити. Оба поселились в профессии, но неудачники в любви. С тех пор, как меня предал мой старый партнер, я был разочарован, признался Белинья.

«Именно тогда мы решили вернуться к мужчинам. Мы заключили договор, чтобы заманить их и использовать в качестве объекта. Мы никогда больше не будем страдать. (Амелинья)

«Я буду поддерживать их всех. Я встретил их в толпе, и теперь они пришли к нам в гости, и это заставило прорасти интерьер.

«Интересно. Это естественная реакция на страдающие разочарования. Тем не менее, это не лучший способ следовать. Судить о целом виде по отношению человека — явная ошибка. У каждого своя индивидуальность. Это ваше священное и бесстыдное лицо может вызвать больше конфликтов и удовольствий. Именно вам предстоит найти правильную точку этой истории. Что я могу сделать, так это поддержать, как это сделал ваш друг, и стать соучастником этой истории, проанализированной священным духом горы.

«Я позволю это. Я хочу найти себя в этой святыне. (Амелинья)

«Я тоже принимаю твою дружбу. Кто знал, что я буду в фантастической мыльной опере? Миф о пещере и горе кажется таковым и сейчас. Могу ли я загадать желание? (Белинья)

«Конечно, дорогая.

Горные существа могут слышать просьбы скромных мечтателей, как это случилось со мной. Имейте веру! мотивировал сына Божьего.

«Мне так не верят. Но если вы так скажете, я постараюсь. Я прошу всех нас об успешном завершении. Пусть каждый из вас сбудется в основных сферах жизни. (Белинья)

«Я предоставляю его!» Гром глубокий голос посреди комнаты».

Обе шлюхи совершили прыжок на землю. Между тем, остальные смеялись и плакали от реакции обоих. Этот факт был скорее делом судьбы. Какой сюрприз! Не было никого, кто мог бы предсказать, что происходит на вершине горы. Поскольку известный индеец умер на месте происшествия, ощущение реальности оставило место для сверхъестественного, таинственного и необычного.

«Какого черта был этот гром? Меня трясет до сих пор. (Амелинья)

«Я услышал, что сказал голос. Она подтвердила мое желание. Мечтаю ли я? (Белинья)

«Чудеса случаются! Со временем вы будете точно знать, что значит сказать это. «Упивался мастером».

«Я верю в гору, и вы тоже должны верить. Благодаря ее чуду я остаюсь здесь убежденным и в безопасности в своих решениях. Если мы потерпим неудачу один раз, мы можем начать все сначала. У тех, кто жив, всегда есть надежда. «Заверил шаман в том, что экстрасенс показывает сигнал на крыше».

«Свет. Что это значит? в слезах, Белинья.

«Она такая красивая, яркая и разговорчивая. (Амелинья)

«Это свет нашей вечной дружбы. Хотя она исчезает физически, она останется нетронутой в наших сердцах. (Хранитель)

«Мы все светлые, хотя и в разных отношениях. Наша судьба – счастье, – подтверждает экстрасенс.

Вот тут-то и приходит Ренато и делает предложение.

«Пришло время выйти на улицу и найти друзей. Пришло время веселья.

«Я с нетерпением жду этого. (Белинья)

«Чего мы ждем? Пора. (Амелинья)

Квартет выходит в лес. Темп шагов быстрый, что раскрывает внутреннюю боль персонажей. Сельская среда Мимозо способствовала зрелищу природы. С какими трудностями вы бы столкнулись? Будут ли свирепые животные опасны? Горные мифы могли атаковать в любое время, что было довольно опасно. Но мужество было качеством, которое все там несли. Ничто не остановит их счастье.

Время пришло. В команде активов был чернокожий ренато и светловолосый человек. В пассивной команде были Божественный, Белинья и Амелия. Команда сформирована; веселье начинается среди серо-зеленых из деревенских лесов.

Чернокожий парень встречается с Божественным. Ренато встречается с Амелией, а блондинка встречается с Белинья. Групповой секс начинается с обмена энергией между шестерками. Все они были для всех для одного. Жажда секса и удовольствия была общей для всех. Варьируясь в позициях, каждый из них испытывает уникальные ощущения. Они пробуют анальный секс, вагинальный секс, оральный секс, групповой секс среди других методов секса. Это доказывает, что любовь не является грехом. Это торговля фундаментальной энергией для эволюции человека. Без чувства вины они быстро обмениваются партнером, что обеспечивает множественные оргазмы. Это смесь экстази, которая включает в себя группу. Они проводят часы, занимаясь сексом, пока не устанут.

После того, как все будет завершено, они возвращаются на исходные позиции. На горе было еще многое, что можно было открыть.

Конец

www.ingramcontent.com/pod-product-compliance
Lightning Source LLC
LaVergne TN
LVHW052234110526
838202LV00094B/118